LA GRÈVE

DES

FORGERONS

POËME

PAR

FRANÇOIS COPPÉE

Prix : 75 cent.

PARIS

ALPHONSE LEMERRE, ÉDITEUR

47, PASSAGE CHOISEUL, 47

—

1869

LA GRÈVE

DES

FORGERONS

POËME

PAR

FRANÇOIS COPPÉE

PARIS

ALPHONSE LEMERRE, ÉDITEUR

47, PASSAGE CHOISEUL, 47

—

MDCCCLXIX

A MON CHER AMI PAUL HAAG.

LA

GRÈVE DES FORGERONS

Mon histoire, messieurs les juges, sera brève.
Voilà : Les forgerons s'étaient tous mis en grève.
C'était leur droit. L'hiver était très-dur. Enfin
Le faubourg, cette fois, était las d'avoir faim.
Le samedi, le soir du payement de semaine,
On me prend doucement par le bras, on m'emmène
Au cabaret &, là, les plus vieux compagnons
— J'ai déjà refusé de vous livrer leurs noms —
Me disent :

     — Père Jean, nous manquons de courage.
Qu'on augmente la paye ou, sinon, plus d'ouvrage.
On nous exploite, & c'est notre unique moyen.
Donc nous vous choisissons, comme étant le doyen,
Pour aller prévenir le patron, sans colère,

Que, s'il n'augmente pas notre pauvre salaire,
Dès demain, tous les jours sont autant de lundis.
Père Jean, êtes-vous notre homme ?

                              Moi, je dis :

— Je veux bien, puisque c'est utile aux camarades.

Mon président, je n'ai pas fait de barricades ;
Je suis un vieux paisible & me méfie un peu
Des habits noirs pour qui l'on fait le coup de feu.
Mais je ne pouvais pas leur refuser peut-être.
Je prends donc la corvée & me rends chez le maître ;
J'arrive & je le trouve à table ; on m'introduit,
Je lui dis notre gêne & tout ce qui s'en suit,
Le pain trop cher, le prix des loyers. Je lui conte
Que nous n'en pouvons plus ; j'établis un long compte
De son gain & du nôtre, & conclus poliment
Qu'il pourrait, sans ruine, augmenter le payement.
Il m'écouta, tranquille, en cassant des noisettes,
Et me dit à la fin :

                         — Vous, père Jean, vous êtes
Un honnête homme, & ceux qui vous poussent ici
Savaient ce qu'ils faisaient quand ils vous ont choisi.
Pour vous, j'aurai toujours une place à ma forge.
Mais sachez que le prix qu'ils demandent m'égorge,

Que je ferme demain l'atelier, & que ceux
Qui font les turbulents sont tous des paresseux.
C'est là mon dernier mot ; vous pouvez le leur dire.

Moi, je réponds :

      — C'est bien, monsieur.

                    Je me retire,
Le cœur sombre, & m'en vais rapporter aux amis
Cette réponse, ainsi que je l'avais promis.
Là-dessus, grand tumulte. On parle politique,
On jure de ne pas rentrer à la boutique,
Et dam, je jure aussi, moi, comme les anciens.

Ah ! plus d'un, ce soir-là, lorsque devant les siens
Il jeta sur un coin de table sa monnaie,
Ne dut pas, j'en réponds, se sentir l'âme gaie
Ni sommeiller sa nuit tout entière en songeant
Que de longtemps peut-être on n'aurait plus d'argent,
Et qu'il allait falloir s'accoutumer au jeûne.
—Pour moi le coup fut dur, car je ne suis plus jeune,
Et je ne suis pas seul. Lorsque, rentré chez nous,
Je pris mes deux petits-enfants sur mes genoux,
— Mon gendre a mal tourné, ma fille est morte en couches —
Je regardai, pensif, ces deux petites bouches
Qui bientôt connaîtraient la faim, & je rougis

D'avoir ainsi juré de rester au logis.
Mais je n'étais pas plus à plaindre que les autres ;
Et, comme on sait tenir un serment chez les nôtres,
Je me promis encor de faire mon devoir.
Ma vieille femme alors rentra de son lavoir,
Ployant sous un paquet de linge tout humide,
Et je lui dis la chose avec un air timide.
La pauvre n'avait pas le cœur à se fâcher ;
Elle resta, les yeux fixés sur le plancher,
Immobile longtemps & répondit :

                                        —Mon homme,
Tu sais bien que je suis une femme économe.
Je ferai ce qu'il faut, mais les temps sont bien lourds
Et nous avons du pain au plus pour quinze jours.

Moi, je repris :

                        —Cela s'arrangera peut-être.
Quand je savais qu'à moins de devenir un traître
Je n'y pouvais plus rien & que les mécontents,
Afin de maintenir la grève plus longtemps,
Sauraient bien surveiller & punir les transfuges.

Et là misère vint. — O mes juges, mes juges,
Vous croyez bien que, même au comble du malheur,
Je n'aurais jamais pu devenir un voleur,

Que rien que d'y songer, je serais mort de honte,
Et je ne prétends pas qu'il faille tenir compte,
Même au désespéré qui du matin au soir
Regarde dans les yeux son propre désespoir,
De n'avoir jamais eu de coupable pensée.
Pourtant, lorsqu'au plus fort de la saison glacée
Ma vieille honnêteté voyait — vivants défis —
Ma vaillante compagne & mes deux petits-fils
Grelotter tous les trois près du foyer sans flamme,
Devant ces cris d'enfants, devant ces pleurs de femme,
Devant ce groupe affreux de froid pétrifié,
Jamais — j'en jure ici par ce Crucifié —
Jamais dans mon cerveau sombre n'est apparue
Cette action furtive & vile de la rue,
Où le cœur tremble, où l'œil guette, où la main saisit.
— Hélas! si mon orgueil à présent s'adoucit,
Si je plie un moment devant vous, si je pleure,
C'est que je les revois, ceux de qui tout à l'heure
J'ai parlé, ceux pour qui j'ai fait ce que j'ai fait.

Donc on se conduisit d'abord comme on devait.
On mangea du pain sec & l'on mit tout en gage.
Je souffrais bien. Pour nous, la chambre c'est la cage,
Et nous ne savons pas rester à la maison,
Voyez-vous. J'ai tâté depuis de la prison,
Et je n'ai pas trouvé de grande différence.
Puis ne rien faire, c'est encore une souffrance.

On ne le croirait pas, eh bien, il faut qu'on soit
Les bras croisés par force ; alors on s'aperçoit
Qu'on aime l'atelier & que cette atmosphère
De limaille & de feu, c'est celle qu'on préfère.

Au bout de quinze jours, nous étions sans un sou.
— J'avais passé ce temps à marcher comme un fou,
Seul, allant devant moi, tout droit, parmi la foule.
Car le bruit des cités vous endort & vous soûle,
Et, mieux que l'alcool, fait oublier la faim.
Mais, comme je rentrais, une fois, vers la fin
D'une après-midi froide & grise de décembre,
Je vis ma femme assise en un coin de la chambre
Avec les deux petits serrés contre son sein,
Et je pensais :

        — C'est moi qui suis leur assassin,

Quand la vieille me dit, douce & presque confuse :

— Mon pauvre homme, le Mont-de-Piété refuse
Le dernier matelas comme étant trop mauvais,
Où vas-tu maintenant trouver du pain ?

                      — J'y vais,
Répondis-je, &, prenant à deux mains mon courage,
Je résolus d'aller me remettre à l'ouvrage ;

Et, quoique me doutant qu'on me repousserait,
Je me rendis d'abord dans le vieux cabaret
Où se tenaient toujours les meneurs de la grève.
— Lorsque j'entrai, je crus, sur ma foi, faire un rêve.
On buvait là, tandis que d'autres avaient faim ;
On buvait ! — Oh ! ceux-là qui leur payaient ce vin
Et prolongeaient ainsi notre horrible martyre,
Qu'ils entendent encore un vieillard les maudire !
— Dès que vers les buveurs je me fus avancé
Et qu'ils virent mes yeux rouges, mon front baissé,
Ils comprirent un peu ce que je venais faire ;
Mais, malgré leur air sombre & leur accueil sévère,
Je leur parlai.

       — Je viens pour vous dire ceci :
C'est que j'ai soixante ans passés, ma femme aussi,
Que mes deux petits-fils sont restés à ma charge
Et que dans la mansarde où nous vivons au large
— Tous nos meubles étant vendus — on est sans pain.
Un lit à l'hôpital, mon corps au carabin,
C'est un sort pour un gueux comme moi, je suppose ;
Mais pour ma femme & mes petits, c'est autre chose.
Donc je veux retourner tout seul sur les chantiers.
Mais, avant tout, il faut que vous le permettiez
Pour qu'on ne puisse pas sur moi faire d'histoires.
Voyez. J'ai les cheveux tout blancs & les mains noires
Et voilà quarante ans que je suis forgeron.

— Laissez-moi retourner tout seul chez le patron.
J'ai voulu mendier, je n'ai pas pu. Mon âge
Est mon excuse. On fait un triste personnage
Lorsqu'on porte à son front le sillon qu'a gravé
L'effort continuel du marteau soulevé
Et qu'on veut au passant tendre une main robuste.
Je vous prie à deux mains. Ce n'est pas trop injuste
Que ce soit le plus vieux qui cède le premier.
Laissez-moi retourner tout seul à l'atelier.
Voilà tout. Maintenant dites si ça vous fâche.

Un d'entr'eux fit vers moi trois pas & me dit :

— Lâche !

Alors j'eus froid au cœur & le sang m'aveugla.
Je regardai celui qui m'avait dit cela.
C'était un grand garçon, blême aux reflets des lampes,
Un malin, un coureur de bals, qui, sur les tempes,
Comme une fille, avait deux gros accroche-cœurs.
Il ricanait, fixant sur moi ses yeux moqueurs;
Et les autres gardaient un si profond silence
Que j'entendais mon cœur battre avec violence.

Tout à coup j'étreignis dans mes deux mains mon front
Et m'écriai :

— Ma femme & mes petits mourront.

Soit. Et je n'irai pas travailler. — Mais je jure
Que, toi, tu me rendras raison de cette injure,
Et que nous nous battrons, tout comme des bourgeois.
Mon heure? Sur-le-champ. Mon arme? J'ai le choix,
Et, parbleu! ce sera le lourd marteau d'enclume
Plus léger pour nos bras que l'épée ou la plume;
Et vous, les compagnons, vous serez les témoins.
Or çà, faites le cercle & cherchez dans les coins
Deux de ces bons frappeurs de fer couverts de rouille.
Et toi, vil insulteur de vieux, allons, dépouille
Ta blouse & ta chemise, & crache dans ta main!

Farouche & me frayant des coudes un chemin
Parmi les ouvriers, dans un coin des murailles,
Je choisis deux marteaux sur un tas de ferrailles,
Et, les ayant jugés d'un coup d'œil, je jetai
Le meilleur à celui qui m'avait insulté.
Il ricanait encor, mais à toute aventure,
Il prit l'arme & gardant toujours cette posture
Défensive :

    — Allons, vieux, ne fais pas le méchant.

Mais je ne répondis au drôle qu'en marchant
Contre lui, le gênant de mon regard honnête
Et faisant tournoyer au-dessus de ma tête
Mon outil de travail, mon arme de combat

Jamais le chien couché sous le fouet qui le bat,
Dans ses yeux effarés & qui demandent grâce,
N'eut une expression de prière aussi basse
Que celle que je vis alors dans le regard
De ce louche poltron qui reculait, hagard,
Et qui vint s'acculer contre le mur du bouge.
Mais il était trop tard, hélas! — Un voile rouge,
Une brume de sang descendit entre moi
Et cet être pourtant terrassé par l'effroi ;
Et d'un seul coup, d'un seul, je lui brisai le crâne !

Je sais que c'est un meurtre & que tout me condamne.
Et je ne voudrais pas vraiment qu'on chicanât
Et qu'on prît comme duel un simple assassinat.
Il était à mes pieds, mort, perdant sa cervelle,
Et, comme un homme à qui tout à coup se révèle
Toute l'immensité du remords de Caïn,
Je restai là, cachant mes deux yeux sous ma main,
Lorsque les compagnons de moi se rapprochèrent
Et, voulant me saisir, en tremblant me touchèrent.
Mais je les écartai d'un geste, sans effort,
Et leur dis :

        — Laissez-moi. Je me condamne à mort.

Ils comprirent. Alors, retirant ma casquette,
Je la leur présentai, disant, comme à la quête :

— Pour la femme & pour les enfants, mes bons amis.
Et cela fit dix francs qu'un vieux leur a remis.
— Puis j'allai me livrer moi-même au commissaire.

A présent, vous avez un récit très-sincère
De mon crime & pouvez ne pas faire grand cas
De ce que vous diront messieurs les avocats.
Je n'ai même conté le détail de la chose
Que pour bien vous prouver que quelquefois la cause
D'un fait vient d'un concours d'événements fatal.
Les mioches maintenant sont au même hôpital
Où le chagrin tua ma vaillante compagne.
Donc, pour moi, que ce soit la prison ou le bagne ;
Ou même le pardon, je n'en ai plus souci ;
— Et, si vous m'envoyez à l'échafaud, merci !

Juillet 1869.

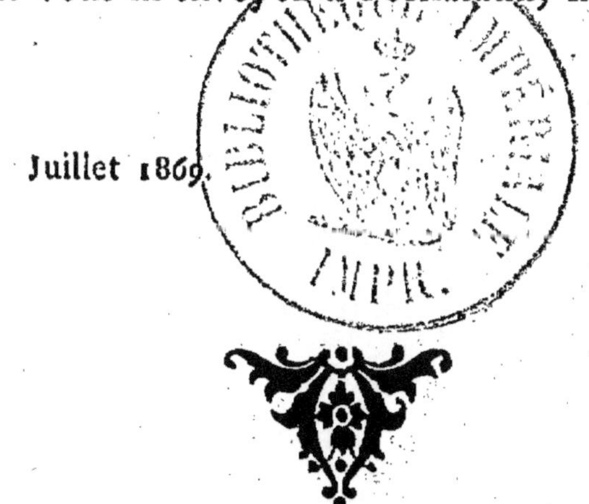

Achevé d'imprimer

LE DIX-HUIT NOVEMBRE MIL HUIT CENT SOIXANTE-NEUF

PAR J. CLAYE

POUR ALPHONSE LEMERRE, LIBRAIRE

A PARIS

Documents manquents (pages, cahiers...)
NF Z 43-120-13

www.ingramcontent.com/pod-product-compliance
Lightning Source LLC
Chambersburg PA
CBHW051245070726
47594CB00013B/3356